KB152950

오래된 안부

김 현 신

오래된 안부

김현신

새미

차례

3부 아끈코지 안부

1부

해후를 그리다

시계추

아무런 할 말도 없으면서
무슨 못 다한 말이 있는 것처럼
세상에 매달린 채 천둥 같은 비를 맞는다
새소리 잠든 산을 꿈꾸고 바다를 배운다

얼어붙은 강을 건너면 봄은
머플러를 두른 채 겨울에 젖고 있다.
무너지지 않는 계절의 감성은 꿋꿋한데
밤새워 달리는 너는 나를 훔치고야 말았지

천둥 같은 고요 속
먹먹한 가슴만
전설에도 없는 시간엔
계절로 찢긴 바람결에 맞아 울고 싶었다
발병하는 악몽들을 분홍색 배경에 나열할 때
딱딱해진 발뒤꿈치를 들어 새벽을 찾는다
빈 몸으로 버려진 약속을 줍는다

어머니의 서랍

막내딸을 시집보내고
언제부터인지 어머니의 작은 서랍엔
자물쇠가 걸리었다
바쁘다는 핑계로
아주 가끔씩 들르던 친정

무엇이 있길래
세월에 써버린 생의 잔고인 듯
먼지 않고 삐걱이며 초라한 서랍에서
꺼내든 것은 겹겹이 접은 종이 한 장과 속옷 한 벌

수 년 전 작심하고 찾은 친정집 마당엔 백일홍만 호젓하고
어머니의 부재에 몇 자 적어놓고 온 편지

어머니는 상표도 떼지 않은 채
편지와 함께 딸을 생각하셨나 보다
"못 뵙고 갑니다"
"사랑합니다"
손에 닳아 네 귀퉁이가 뭉툭해진 그날의 편지가
딸년 가슴에서 백일홍 인양 피고 졌다

어떤 기억

만약이라 말했다
오월의 모래밭에서 쇠똥 냄새를 맡았다
말굽 소리보다 탁한 소리가 들려왔다
그 자리에서
단발머리는 죽음처럼 검은 소를 봤다

우연이라 말했다
오월의 모래밭에서부터
빵 냄새를 풍기던 샛엄마의 보따리가 몹시 궁금한
일곱 살짜리 단발머리는 모래톱을 벗어나 뛰고 있었다
허공만 찢어놓고
뿔의 끝은 뭉툭해졌다

기적이라 말했다
뭉개진 지옥은 빵과 허기 사이에서
붉은 피로 빚어진 커다란 눈을 보여줬다
정신이 들었을 때
물바가지를 든 샛엄마가 뿌려대던 물에
흩어진 넋이 둥둥 떠다녔다

떠돌다 말없이 스러지는 순간은
어디서부터 지워야 하는지 몰랐다
소음으로만 남긴 기억의 잔재
어둡고 긴 터널의 시간이면 약속인 듯 떠오르는
어떤 기억 하나

굳은 살

너를 만난 건
덧나지 않아도 될 상처를 키우는 일이었어
헐거워진 단춧구멍을 기우 듯
조바심하며 살아온 꿈같은 시간과
휘청이며 기대어 살아온 세월 속에
너는
얼굴을 감싸 쥔 뭉툭하고 온순한 손
나는 너에게 갈 수 없고
너는 나에게 올 수 없지만
남아 있는 온기 하나로 충분한
스치듯 길을 걷다 우연히 만나는 노래
너는
텅 빈 기억 속에 유일하게 남은 회색 하늘
지울수록 더 깊어지는 단단한 기억
깎아낼수록 더욱 높아지는 거대한 산
살아낼수록 거대한 울림의 터널 속에
저무는 해를 들이는 아치의 곡선
하늘마저 끌어내린 공백의 잔해였어

봄의 기억

작고 보잘것없는 웅덩이에 파문이 일었다
올챙이 꼬리에 달린 규율이 흔들린다
채색되지 않던 물 속은 봄
계절의 화선지엔 어느새 설렘이 그려졌다
침묵하던 고목이 입을 열고
연초록의 희망을 틔운 사이
조금씩 흔들리던 동장군의 외곽은 깨지고
묵은 바람이 내쫓기듯 밀려났다

기억의 불씨를 하나씩 밝혀내어
기침 소리를 낸다
사람들은 바쁜 듯 발걸음이 빨라지고
겨우내 쐐 소리를 내던 묵은 가래를 뱉어내고
어딘가에 잔설에 묻혔을 온기를 찾는다
어디선가 어머니 음성이 들린다
산당화 눈부신 산 너머에서
그를 닮은
봄이 오고 있었다

무화과나무에 오른 장화

서랍 속에 숨겨놓은 진실 하나
그것은
나와 오래된 일기장만이 아는 거수경례
소환된 시간 안에 또다시 붉어지는 민낯
어둠속에 박혀 있던 기억이
바람 안에 섞인 먼지처럼 퀴퀴하다

뜨겁던 여름 어느 날
어머니 젖꼭지 닮은 무화과가
튼실한 이파리 뒤에 수줍게 달렸던 기억과
가자미눈을 날렸던 나뭇가지
인내의 시간도 익히지 못한 분분한 떫음
더 높은 곳에 장화를 날렸다
달이 기우는 각도로 장화를 쏜 가지를
아무도 기억하지 않았다
그 후로도 오랫동안

끝사랑

가슴 한 쪽이 묵직한 돌이 얹혔다
늘어가는 활자에 점점 숨이 가빠 오고
조바심으로 무장한 기다림의 끝에는
완벽한 언어로 분장한 서로 다른 문을 나서고

따뜻한 것들은 모두 부드럽고
빛나지 않는 것들은 빛의 눈을 가졌음에
눈빛을 읽으려 기약 없는 날갯짓으로
시절을 다하여 피워내는 눈꽃 같으려니

첫사랑의 설렘은 빗나간 바람의 무게로
너무 오래도록 간직하고 묵혀두어
숙성된 끝사랑으로 온 날숨의 감촉
살아 있어서 가슴에 묻을 줄도 알았다

매번 한 사람이 도려낸 가슴은
이불 속에 묻어둔 아지랑이가 되고
잊힌 고향 언덕에 복수초 필 때까지
손가락 편지를 그리고 있겠다

바람의 영등할망

이월 초하루
올해는 딸을 데리고 오셨는지
섬 품은 하늘도 자세를 낮추고
잔잔한 파도는 부서지는 햇살이 껴안는다

외눈박이 섬 외방은 바람의 원산지
복덕개 해풍 손 흔들어 번지고
보름 동안 식솔들의 안녕 두 손 모아
부디 풍성한 씨를 내리소서

혹독한 4월은 잊힐 리 없지만
흉터의 마디마다 새싹이 크고
꽃 피는 섬 속의 섬 우도 나루마다
갯무 꽃 나부끼어 내년을 기약하니

살풋이 동백꽃 뚝뚝 떨어져 눕고
신화 속 길목을 향해 손을 뻗는다
조난당한 심장이 잡혀 왔다

치성 드리던 어머니의 새벽이 내려앉은 찰나
바람 같던 그녀들 삼승할망 내려놓고 가면
파문이 휘감기던 곡절의 바람 섬
멩감 본풀이로 삼천 년의 수명을 풀어놓는다

부디 풍성한 씨를 내리소서
구쟁기 오분재기 구살 수두리 먹보말
메옹이 지름보말 문다드리 코토드레기
어느 것 하나 유년의 기억 속에 빠질 수 없는 것들

당신이 오신 동안
벚꽃도 멍울져 시선을 모으고
나른한 현기증처럼 숨비소리 듣습니다

아버지의 언덕

먼 데서 까치소리 푸르고
발에 밟히는 이슬 산을 넘어와
수만 개의 미로를 만들지만
가야 할 맨발이 내 안에서 나를 건너
증발하고 말 시간을 보챕니다

번데동 가옥들이 색을 단장할 무렵
길은 소란해지고 달리는 차들은 바람 같은데
당신이 주고 간 삼십 년의 시간
여전히 타인으로 살고저
방풍림 사이로 하늘이 쏟아지고
남겨진 시월의 햇살을 뿌려놓습니다

저수지에 그림자를 담근 물매봉이
살며시 허리를 틀어 등을 토닥입니다
너무 많은 생각을 생략하라고 다독입니다
화분 채 심어놓은 국화꽃 송이가 눈 속을 파고들어
당신의 언덕이 손 흔들며 웃습니다

검정 고무신

타이어가 지워졌다
차바퀴만큼 질기다는 개념은 비상구 앞에서
신데렐라의 구두 인양 반짝였다
폭포처럼 쏟아져 오는 찰나의 마디마다
녹슬어가는 본능이 슬프고
뿌리내리지 못한 일상이 비틀거렸다

바닷가 모래톱에서 긴 여름을 보내고도
차마 밀어낼 수 없는 기억 하나
가슴 언저리를 서성이다 철길 차단기 앞에서
푸른 적막을 듣는다
사라진 친구의 귀에 갖다대고 바다를 들려주면
잠들지 않는 그리움만이 밤을 밝혔다

세월 속에 묻혀버린 검정 고무신은
그 여름 다 가고 개망초 홀씨 흩날리도록
울렁대는 갯내음 속에 단 하나의 눈길 기다리다
타이어가 지워졌다

오래된 안부

꽃이 피었겠다
노을 색 언덕에 바람을 맞던 시간도
갈 수 없어서 애태우던 시간도
이제 잠시 내려놓고
꽃을 피웠겠다

삶에 겨워 안부를 늦추던 친구에게
어느 날 문득 밀린 숙제하듯 톡을 날린 아침
한참을 뜸 들인 시간에
되풀이되는 침묵이
끊어질 듯 흐르고 있었다
더 이상 참아내지 못한 한 마디가
금기어처럼 고막을 후려갈겼다

"나 수술 했어"
타래 풀린 실 뭉치가 한낮을 휘감고는
손가락 사이 성긴 틈으로 젖어드는 소리가 떠 있다
해 넘기기 전에 목소리만이라도 듣고자
미루고 있던 너무 늦은 안부가 내 탓인 양

가슴에 묻은 채 지낸 시간이 덧나고 있었다
갑자기 소란해진 오후가 염원처럼 숙연하다

카푸치노의 뒷맛

빼곡한 목차가 마른 목젖을 부추기기 시작한다
향의 계보가 맛으로 진화했을까
흔들리는 것들이 쌉싸름달큰에 기대어
기진한 방심이 머리를 들어 올린다
어디서 오는지 모를 나른한 위안을 코끝에 감싸고 나면
이제 난무하는 음률에 서러운 영혼을 맡길 차례

카푸치노 한 잔
손끝에서 먼 기억이 전해 오고
끊어질 듯한 갱년기의 징후들이 잔속으로 숨어든다
다시 살아날지 모를 심장을 식기 전에 마셔야 한다
식도가 꿈틀대고 마비된 위장이 난기류를 만나 흔들리고 있다
이제 착륙지는 십이지장
두 개의 심장을 겸비한 잔고장이 많은 기체는
삼천 구백피트에서
활주로도 없이, 바퀴도 내리지 않은 채
짜릿하게 흘러 내려야 한다

음미해야 할 것들은 모두가
일몰의 홍수에 떠 밀려온 감성 자투리들
혀끝을 휘돌던 발아된 푸념만
저녁상에 오른 감자조림처럼 푸석하다

복숭아 달리다

점점 숨이 가빠 오고
가게 문을 여는 순간
후각을 자극하는 것

말랑한 것들은 모두 향기롭고
지문도 없이 마음을 열어 젖혔다
되새김질 하던 아침이 피아노 건반처럼 경쾌하다

잘 익은 복숭아 상자에
국화꽃 향기를 담아 차 문을 열었다
약속 시간을 맞추려 시동을 걸고
발끝에 오는 비상의 감촉

뒤에서 들리는 클랙슨 소리
끊길 줄 모르는 물음표를 생산하다가
바로 옆 차선에서 눈을 맞췄다
차 유리를 동시에 내리고

서로가 의기양양 뭐지?
손가락질 "복숭아!"
차 위에서 달리는 복숭아
낯선 남자의 손가락이 섹시해졌다
웃음만 나왔다

거짓말

처마를 쓰고 앉은 물팡벽
물오른 담쟁이를 산란하면
말보다 먼저 뱉어낸 한숨 마당 가득 뿌려졌다

먼 길 떠나던 날
한 뼘 더 자란 오후가 빛나고
나대신 배웅하던 장미만 붉게 타들어갔지

스러진 혈육의 잔해에 가시가 돋고
집중해야 할 그 무언가를 찾아
바람이 지나간 방충문 사이를 훑으면
무단 투기한 검버섯이 신앙처럼 완성되고 있었다

분류하지 못한 자책이 모호해질수록
가끔씩 나는 움츠려들지만
간헐적 일탈에 익숙해졌음을 인정할 수밖에 없을 때
너에게 편지를 쓴다

당신, 한 번도 보고픈 적 없다고

도시의 봄

수목원 말오줌때 순이 겨울을 밀어냈다
자목련 꽃잎 하늘이 무거워 몸을 떨구는 수목원
그 아래 닭장 같은 아파트들이 키 자랑을 한다
미세먼지에 찌들고 송홧가루에 범벅이 된 창가에도
꽃향기 날아들었다.
유모차 속 엄마와 마실 나온 아기의 입술이 열려
흰 쌀알 두 톨 봄을 반긴다.
제비꽃 같은 목을 들어 봄꽃에 눈을 맞추고
본능처럼 사랑을 말하지만 이내 서럽다
눈이 시리다
눈부시게 피어난 벚꽃 아래로
균열돼 가던 가슴들이 긴 숨을 토해내고
밀어낼수록 휘감겨 오는 사월을 앓는다
도심의 봄은 언제부턴가
연서의 행간마다 눈물이 맺히고
가슴마다엔 봄바람 일렁인다

해후를 그리다

바람이 분다
가슴속에 가시처럼 박힌
오래된 바람
내일이면 먼 바다로 돌아갈
갈매기의 날개처럼
눅눅한 설움의 바람이

바람이 분다
가슴 한편에
나인 듯 타인이 살고
목 터지게 불러볼
아버지의 이름을 담고
어둠의 깊이만큼
침잠해 오는 바람이

그 해 겨울바람
숨죽인 울음으로 삼켜간 이승
돌아갈 곳 없는 설움이 북처럼 울려도
폭풍 같은 해후를 볼모로

계절을 잃었어도 각인된 이름
밀어낼수록 쌓여만 가는 그리움
나의 아버지

매바위

설문대 할망
아픈 손가락 하나
협재 흰모래 위에
순비기 꽃으로 피어나고

용맹의 날개인 듯
파도를 타고 넘다
갈매기 울음 뱃고동 소리
못다 한 효심은 날개를 접고
속절없는 기다림의 비상

별을 닮은 따개비가
바위틈에 반짝이고
빛 따라 바람 따라
흔들리며 피워낸 차귀도 들꽃
나그네 발길마다 향기로 피어나

아들의 피맺힌 설움은
섬이 되어 흐르다가

멈춰 선 그곳 목메인 변주곡
오늘도 새 한 마리
비상을 꿈꾼다

2부

쓰다만 편지

바람의 파문

귀를 열었다
온갖 것의 움직임이
소리로 살아나고 솟구친다
전설의 바람은 산의 능선을 깎고
바다를 넘쳐 역동의 침식을 낳았다

밤새 내리치던 번개의 섬광이
너울 속으로 잦아들면
고달픈 섬 자락에 문명을 낳고
여명 속으로 숨어들던 곤한 잠

상처 난 욕망은 멜로디를 울려
질곡의 삶에 치유의 서곡이 흐르면
천년의 혈거인 양 창백한 일상엔
아침이 오듯 눈부신 파문이 인다
이루지 못한 꿈으로

헐벗은 넋두리

목 마름의 새벽이 열리고
바다를 퍼 올려 마신듯
가실 줄 모르는 갈증으로 인해
아침을 향한 시간이
무겁고 두렵습니다
그에 반해 오월 끝자락의 태양은
막 끓어오를 기세로
나의 울음을 막아섭니다

민달팽이가 배란다 문틈에서
그늘을 찾는지 느리게 움직입니다
아무도 묻지 않는 헐벗음은
더욱 더 슬픈 몸짓으로 삶을 말합니다
드러내지 않는 상처의 전이를 몸으로 전합니다
어쩌면
창문 밖으로 던져져야 할 모두의 삶이
내겐 행복한 넋두리로 희석 되게 하고
아무 일 없는 시간들로 일상을 더 합니다

경애 씨의 일상

전자회사에 다니는 남편을 둔 경애 씨
여름 한철을 매일 남편을 따라 출근한다
트럭을 타고 아침마다 분주하다

그 어느 해 보다 폭염이 일찍 온 올여름은
에어컨 판매량이 급증했고 설치 담당인 남편과 함께
하루 종일 일을 한다

저물녘 해를 등지고 땀으로 범벅이 된 무거운 몸을 싣고
집으로 향하는 차 안에서 부부는 오랜만에 같은 생각을 한다
오늘 저녁엔 시원한 맥주 한잔하고
그동안 응어리진 속내를 드러내리라고
지금껏 목 아래 걸려 있던 가시 하나를 뽑아버리고 말자고

저녁상 위에 맥주 두 병이 조금씩 비워지는 만큼
비워지는 무언가가 더 있었다
눈가와 양 볼에 피어나는 홍조만큼 따뜻하게
데워지는 무언가가 더 있었다
그건

지치고 힘든 삶이 혼자만의 것이 아니라는 걸
잔잔하게 이는 파문처럼 마주 보고 웃는다

아버지

당신은
한 그루의 나무였습니다
온통 푸른 잎사귀마다 정성 담아
꽃이 피면 바람 막아 열매를 기원하고
맺힌 열매 따스한 햇빛과 잔잔한 바람을
불어넣어 익어가기를 바라는 나무였습니다

땡볕 아래 타들어가는 일상
넓은 도량 같은 그늘로 가리고 품어
싱그러움을 주신 당신은
어질고 푸른 잎을 가진 나무였습니다

늦은 가을날 떠나보낸 열매의 기억만으로
푸르던 잎사귀마다 비움의 색칠을 하고
기쁘게 겨울을 맞이하는 당신은
잃어버린 향수처럼 그리운
한 그루의 나무였습니다

이제 흙으로 가신 당신은
언젠가 솟아날 생명을 위해
모든 걸 다 주고도 모자라
또다시 아버지로 살길 바라는
한겨울 눈 속에 움 트는 구근처럼 강인한
당신은 한 그루의 나무였습니다

병원 대기실에서

사람들은 여전히 전화기를 보고 있다
켜지지 않은 채 단절된 의식이 부끄러워졌다
괜스레 창밖을 보다가 입김을 불어넣은 유리창에
발자국을 찍어 넣고
겨울 저녁 밀리는 차를 바라보며 여유라고 꼬장 부려 본다
소독냄새에 섞인 아이 울음소리가 아프게 다가올 때
기억의 문이 철로를 달려와 눈앞을 가렸다
괜찮아, 안 좋은 기억은 지워버려
별일 있겠어

사람들은 여전히 바쁘게 시간을 쪼개며 걷고 뛰고 있지만
덩어리째 뛰지 않는 심장을 의심해 보고는
깍지 낀 손을 풀어 아무 일 없는 머리를 쓸어 올린다
밖은 어둠이 춤추듯 밀려와
수천 개의 불빛으로 상념을 엎질러 놓고
무심한 듯 점멸하는 성탄 나무의 불빛 사이를
오가는 시간을 불편해 하다가
어릴 적 화로 위에서 구워지던 세미 떡이 생각이 나서
그 해 겨울을 떠 올렸다

쓰다만 편지

젖은 낙엽 위로 바람이 휘돌고
한 장의 편지가 오버랩 되어 옵니다
흔들려 오는 마른 시선이 머무는 지점에
텔레비전 자막이 도발처럼 흐릅니다
잘 계신지요
길고 긴 이음표 위에 아쉬움이 눕고
하고픈 말이 멈춰진 순간에도
펄떡이는 미련은 기만으로 자라나
쉼 없이 낙하하고 있었군요.
그곳에도 가을이 깊었겠죠

사막이 외로워서 뒷걸음치고
찍혀 오는 발자국이 반가워 뛰어오르는
부치지 않은 편지엔 오아시스가 있군요
소유할 수 없는 욕망이
늙은 관대함 앞에 외롭다고 말할 때
지극히 세속적인 심장이 뛰며
온기 가득한 손을 내밀 당신께
만추의 언어를 보냅니다

엄마의 바다

8대 독자 외할아버지의 여덟 번째 딸인 엄마는 터를 잘 팔아
9대 독자를 얻게 한 대가로 학교엘 다닐 수 있었다
귀한 아들 보디가드가 되어주길 바라신 최상의 배려였다
위로는 일곱 명이나 되는 언니들과
더 할 나위 없는 귀공자의 남동생을 둔
의기양양함은 그 어떤 것도 두려울 게 없는 유년을 선물했다

엄마의 바다는 열아홉에
소금의 농도를 가늠하려 출렁이기 시작했다
결혼식 날 사모관대를 갖추고 말에서 내려
손수 꺾은 다알리아 꽃다발을 안기던 세 살 위의 아버지는
32년을 살고 눈이 퍼붓던 계절에 홀연히 떠났다
우리 삼 남매와 엄마를 남기고

숙성된 세월의 바다로 갈증을 채운다
마디마디 박힌 소라 전복 성게는
팔순 엄마의 관절에서 날마다 자맥질하고
스물여덟 꽃다운 엄마의 눈엔 그날처럼 눈물 맺힌 채 눈 감은
아버지의 서른두 번째 바다가 액자로 남겨졌다

듬성듬성 기억 너머에서 다알리아 붉은 유월을 불러오면
습관처럼 나지막한 엄마의 노래
'여자의 일생'이 울려 퍼진다
엄마의 바다 위로

49제

그날 이후
어머니는 침묵으로 이어졌다
대문 앞 먹구슬나무에 앉아 며칠을 울었다던 까마귀처럼
침묵을 깨고 멈춰 선 시계태엽을 감는다
살아있다는 죄의식으로 감금돼 버린 허망함으로
못다 한 미련을 채색한 채
칠일의 일곱 바퀴는 장단의 벽을 넘나들고 있다
마흔을 살다 간 막내아들을 어디에도 묻지 못한 모정은
물조차 넘길 수 없었다

그날 이후
단 한 번도 바닥을 밟지 않은 버선발이 밤새 끄덕이며
웃고 있는 영정사진을 외면하고 누운 등 뒤로 시간이 멈춰 섰다
되돌릴 수 없는 시간의 한 자락만이 촛불과 함께 펄럭이고
한숨마저 바닥난 숨결은 들리지 않는다
눈을 깜박이면 굽이굽이 떠오르는 얼굴 하나
행여 눈물방울에 비춰올까 뜰 수 없는 눈 속에 청춘의 아들
내쉬는 숨마저 죄스러워 야위어가는 모정은
타버린 가슴에 영정을 앉히고 그제야 가슴에 묻었다

사랑싸움일까

아래층에 젊은 부부가 산다
어쩌다 엘리베이터에서 마주칠 때면
곰살맞게 인사를 잘 하는 이웃이라
고운 눈인사로 혹은 목례로 정을 나누곤 했다

어느 날 밤 어떤 소리에 잠을 깬 새벽녘
아래층에서 들리는 소리에 먼저 눈을 떴다
욕이었다. 아주 심한 욕이었다
눅눅해진 감정이 안구건조증에 시달리는 눈 속으로 파고든다
인공 눈물로 열반하듯 올라오는 의문을 세척해 보지만
씻겨가는 어둠이 던져준 건
표류하던 이기심의 속단이었다
그래, 사랑싸움

그 후로도 두세 번 같은 일을 겪으며 생각했다
"보기와는 딴 판이군"
그렇게 부드럽고 착한 인상은
조금씩 위선으로 간주해 가던 어느 날
음식물 쓰레기통 앞에서 마주친 새댁의 말에

무너져 가는 건 평상심 뿐이던가
평소에 욕이라곤 해 본 적 없는 신랑이
술을 마시고 온 날은 밤새 잠꼬대를 하는데
너무 낯설다고 했다
그 잠꼬대의 대부분은 욕이라고

그랬구나
서비스 직종의 일을 한다는 그가
배려심 혹은 인내심이란 껍데기 안에
문드러져 가는 가슴을 숨기고 사는구나
남에게 상처 주지 않기 위한 배려는
본인의 상처로 품고 안아 아파하다가
가슴 안에 때처럼 들러붙은 일상의 온갖 찌꺼기를
그렇게 알코올로 희석하고 토해 내는 밤들

이 시대의 가장이라는 사람들이 그 많은 내면의 아픔들을
왜 고객이란 이름들이 잠든 후에야
참아낸 시간만큼 치유의 욕구를
무의식 속에 표출한다는 걸 이제 알 것 같다

수줍은 듯 웃던 아래층 새신랑의 미소 속에 깔린 그늘이

뭉툭해진 감성 속으로 헤집고 들어와

잘린 도마뱀 꼬리처럼 꿈틀 거렸다

비와 팥빙수

열기를 몰고 오던 마파람은
습기를 동행하고 와
오월을 적셔 놓았다

비바람 피해 들어간 커피점
들어서기 바쁘게 창가를 찾았다
주문부터 해야 함에도

어두운 창밖 빗방울들이
이마에 손대고 안을 들여다본다
나를 관찰한다
아쉬운 무언가가 등줄기를 타고 내린다
언제 서빙 됐는지도 모를 팥빙수가
탁자 위에서 웃고 있다

그래, 나도 웃자
유리창에 매달린 빗방울만큼만 깔깔대자
바람보다 가벼운 존재의 무게를
청보리밭 돌담 위로 걸쳐 버리고
종달새처럼 조잘대 보자

비우기 연습

언제부턴가
오래전 잊힌 상처가 덧났다
바닥을 드러낸 쌀 항아리 속 허기의 소리

아무도 숨겨진 상처에 관심이 없는데
젊은 나와 작별의 횟수가 늘어갈수록
숨어 있던 용종 같은 또 다른 나를 만나고

신의 영혼 오로라가 일렁이어
내 현실 속 아이슬란드의 부푼 꿈을 접는 순간에도
오래도록 중독된 습관을 데려다 놓고

몸속에서 매일 죽어가는 세포 수만큼
체중을 늘렸다 줄였다를 반복하는 동안에도
이불장 속 깊숙이 숨겨놓은 좌절의 심장이 저려왔다

몸을 떠나보낸 마음만 머무는 풍경
찢겨나가 마음 봉합하려 긴 어둠을 달려온 아침이
어둡고 습한 기형의 방을 꺼내 놓는다

오빠의 귀마개

보릿단을 진 어머니는 동산을 내리고 있었다
그 시간
개망초꽃 흐드러진 언덕 아래
초가에서는
아홉 살 아들이 벽장 속에서 진지 구축 중이다
하드나 엿을 바꿔먹을 무언가를 찾아 나선 것이다
그러다가 마침 흙투성이 손에 무언가 걸려 나오고
짓궂은 악동의 얼굴은 이미 부처의 미소로 넘쳐난다
다름 아닌 네댓 살쯤 쓰던 털 귀마개를 찾아낸 것이다
검은색 털이 윤기를 잃고 먼지를 뒤집어쓴 보잘 것 없는
아버지의 선물
하지만 기억 속 그건 그 어떤 것보다 행복한 물건이었다

아버지를 기억하는 귀를 감싸 안았다
그 자태를 뽐내려는 듯 동네 어귀로 향했지만
부러워해 줄 아이들은 없다
누군가 봐주겠지 하는 희망은 마을 비석을 안고 빙빙 돌고
그 시간
땀으로 젖은 고무신이 미끄러워 그만

짐 진 채 돌부리 위에 주저앉은 어머니
어머니의 적삼에서 땀 냄새가
훅 하고 더운 열기 속에 단내와 섞여온다
삼 남매의 홀어미로 살아온 갈피마다
엿을 바꿔먹어도 시원치 않을 박복함을 닮은
저만치 너덜거리는 고무신 한쪽을 돌아가 신는다
숨죽인 한숨을 내쉬며 고개를 든 순간
어머니는 눈물 나게 웃는다

마을 비석을 안고 네 보란 듯 돌고 있는 아이가
선물처럼 웃음을 던져주었다
더위에 지친 아이들과 어른들도
물가나 그늘을 찾아 들어가 한적한 땡볕에
귀마개를 한 눈이 커다란 아이
바로 당신의 동공 아들이었다
가뭄에 콩 나듯 그렇게
동공 아들 오빠는 어머니를 웃게 했다
예순을 넘긴 아들에게 팔순을 넘긴 어머니가 추억하는
오빠이 귀미게가 고맙고 그립다

당신의 내력

목메게 울어오는 바람이 있어
훈풍에 졸던 기억만
가슴을 밟고 지난다
오월 녹음 너울에 실눈 뜨고
태양의 밀도가 높아지는 동안
생산되는 기억들이 촘촘해 오면
그 파란만장의 세월 사이에
가락이 있다

동요를 부른다
간간이 휘파람을 분다
볼을 타고 내리는 회한을 들키지 않으려
한숨을 버무린 아리랑 고개를 넘는다
억눌렸던 성대는
조금씩 궤도를 이탈하지만
간결한 음률은 봄의 나른함으로
씻겨오는 설움의 구절들

십리도 못 가는 당신의 내력

그녀의 아침

치밀하고 단단한 문장
위장된 아침은 슬프지 않았다
그저 젖은 옷을 벗어버리듯
무의미한 반복에
쏟아지는 피로감은
어제가 주고 간 선물이다

아무도 마지막을 고려하지 않는다
손 내미는 것들에 대한 간헐적 인사일 뿐
입 냄새 가득한 아침은
견고한 태고의 언어이다
몸서리치는 아침
식탁의 하품이 순간을 비껴간 고립일 뿐
점점이 피어나는 노안의 흑점들과
잠시 머물다 갈 유일의 상념 몇 조각
황사를 눌러 앉힐 기세로 허공에 핀
그녀의 아침은
먼지투성이 책장 속 미완의 언어이다

오일장이 서는 날

어머니가 존다니를 사오셨다
한두 집 건너에 사시는 할머니께
존다니 함께 드시자고
홍이를 심부름 보냈다
서너 걸음 존다니를 읊조리다
저물녘 팽나무 위에서 보았던
붉게 물든 수평선이 떠오르더니
이름을 지워버렸다
할머니 집 앞에서
아무리 기억을 떠올려도
생각나지 않았다
홍이는 할머니께
"어머니가 못견디 드시러 오시래요"
못견디가 뭔지 궁금한 할머니
젠 걸음으로 홍이를 따라 걸었다
질긴 고부의 인연을 씹으며
웃음을 참지 못하셨다
궁금해 하는 어머니에게
할머니는 말씀하셨다

"존다니 허믄 하영 못전디쥬"
오랜만에 고부간의 화기애애한 시간의 식감
홍이는 지금 치과 의사이다

눈부신 이유

콤플렉스의 한계를 넘으며
양손을 가져다 두 눈두덩의 감촉을 느낀다
흐릿해진 시야 너머 웃고 있는 딸아이가 있고
규격에 맞게 낳아준 죄밖에 없노라 시던
어머니의 음성이 동굴 속 울림처럼 다가온다

사람들은 저마다의 이름 또는 별명을 갖고 있다
그것이 어떤 의미이든
평생을 두고 익숙해질 때
비로소 버릴 수 없는 내 것임을 인정한다
그럼에도 익숙해지지 않는 돌출

장난기 많은 친구들이 불러주던 부신 눈
직장생활 이십여 년, 또래 동료 셋이서
결성된 삼총사
우연인지 운명인지
셋 다 돌출형 왕눈이
그래서였을까 퇴직 후 이십 년이 넘어가지만
세 명의 부은 눈으로 돈독함을 이어왔다

나이 쉰을 넘긴 어느 눈부신 가을날
추녀 삼총사의 산행이 있던 날
서로를 보며 이구동성 "눈이 부신데!"
그날 이후로 우린 "눈부신"으로 불린다
비로소 스스로를 사랑하게 된 객기 어린 변명
세 글자 중에 순서만 바꿨을 뿐인데
우린 아직 눈부시다

맞고

창밖 풍경이 집안에만 묶어두려 한다
뿌연 하늘과 선명하지 않은 도시가 폐 속에 숨을 가두고
토해내지 못한 말과 허락되지 않은 것들로부터 도망치고 싶다
그러한 잠시 회비스커스 꽃은 차향으로 다가와
삭막한 일상에 물기를 선사했다
그녀가 춤을 춘다
귀에 꽂힌 붉은 사랑처럼 요염하지만 슬픈 눈을 가졌다
뽀샵 처리 못한 사진이 이미지란에 떠다니고
스트레스성 원형 탈모를 바람이 헤집어놓을 걱정에
피망을 찾았다
띠리리띠띠리~~ 익숙한 환영음에 숨을 들이켰다
구백이만 원...
적지 않은 금액과 퀘스트에 청단 10회 성공 오백만 원
프로 점 5만 냥 방에 삼천삼백오십 명이 운집해 대결 중이고
그 중 한 사람과의 대결이 시작된다
같은 패가 부딪히는 찰진 소리와
가끔씩 터져 나오는 개구진 환호
인사말을 쓴 깃발을 흔드는 이모티콘
내일 대장 내시경을 받는 아들이 떠오르고

지울 수 없는 죄책감에 휘감기며 맞고를 친다
가벼운 화투장 하나하나에 묵직한 상념을 입히고
1월부터 12월을 먹고 싸고
창밖 풍경이 묶어두는 날엔
아픈 아들을 둔 어미는 똥을 먹는다

억새

흐느끼고 있다고 생각했어요
텅 빈 가슴을 눈물로 채우고
바람이 스치고 지날 때마다
흐느끼고 있다고 생각했어요
멀리서 장끼 우는 소리에 놀라
서로 부둥켜안은 채
흐느끼고 있다고
억새는
울고 있지 않았어요
비워낸 가슴에 희망의 노래를 담아
차오르는 설렘으로 웃고 있었어요
바람이 지날 때마다 사랑한다고
깔깔대며 웃고 있었어요
장끼의 울음에 화답해 손흔들고 있었어요
만추의 정원을 노래하고 있었어요
영글어갈 희망을 위해 자장가를 부르고 있었어요
다만
흐느끼고 있었던 건

나
혼자였음을
이제서야 알았어요

3부

아끈코지 안부

가시의 시간

밤새 뒤척이게 만든 상념의 물꼬는
강이 되어 범람하고
하얗게 지새버린 시간의 허무에
선인장이 시들어 갑니다
아무에게도
곁을 내주지 못하는 바보는
스스로 만들어낸 가시로
남을 아프게 하기 이전에
가시를 품고 있는 고통이
더 아프다 합니다
이유 모를 고립에 슬퍼할 뿐
시간을 흐르던 강물이
바다에 닿을 때까지도
돌아가야 한다는 생각을 하지 않음은
체념의 안식을 배웠기 때문입니다
붕괴되지 않는 애증의 아픔을 배웠기 때문입니다
조금씩 버려야 하는 이유로 철듦은
불면의 고통에 대한 보상입니다
채워지기 위한 비움의 철학을 배우며 떠나보내야

비로소
그리워할 수 있다는 사실이
가시처럼 쓰라립니다

소주 한 잔

한잔 술로 얼굴에 홍조를 그리고
마음에도 붉은색의 동백꽃 설렘을 선사했다
텔레비전에서 막 흘러나오는 내 나이가 어때서 노랫말이
의미심장하게 귓전에 와 닿는 시간
알코올에 약한 간을 가졌기로 소주 한잔에
평상심이 되는 행운을 가질 수 있어 좋다
이왕 생각할 거라면 긍정만 하려 하지만

나이란 숫자에 불과한 거라고
애써 마음 다독여 봐도 그건 그냥
위로일 뿐이다.
나이 듦이 서러운 이들이 자신을 다독이며 하는 말
마음만은 늙지 않는 것
그것만으로도 얼마나 큰 긍정인가
마음마저 몸처럼 쉬이 늙어 버리면 얼마나 퍽퍽할까

지금은 수선중

꽃상여 지나던 신작로엔
어머니의 노구를 얹은 유모차가 지나고
발을 내딛는 걸음마다 나막신 소리가 난다
차가운 유년의 교문을 지나
썩은 나무 밑동에 싹을 틔운
상수리나무 여린 잎이 푸르고

건망증이 가져다준
생명의 기적을 만난 날
망각은 새로 쓰기를 도모한다
안부를 물어오는 카톡 소리에
완성하지 못한 답장을
지금은 수선중이라 변명 한다

소멸되는 것들과 포만감을 나눈다
내려놓지 못하는 중병의 허기
가슴 한편에서 후회라는 싹이 자란다
점점 멀어지는 희망과 작별을 나누는 시간
가을의 끝자락 학교 돌담 위로
장미꽃 송이가 시들어간다

티눈과 새벽

밤이 꿈을 꾸는 당신의 눈동자라면
아침은 별을 쫓던 내 발바닥 아래
백악기의 아픈 티눈
어떤 심사가 이리도 홀가분할 지
그대를 뽑아낸 자리에 오늘을 심고

숨죽여 울수록 더욱 커지는 안부는
잘려 나간 입꼬리 어느 부분에 머물고
보고 싶다고 말하고 난 후 꽃으로 시드는
간헐적 숭배로 남아 있습니다

말은 다시 주워 담지 못하고
쓰다 만 편지는 부치지 않아도 유언이 되는지
당신을 지표에 내려놓는 나는
자욱한 밤안개 속을 내달려
천길 자막의 당신을 읽어 내려 합니다

어디에도 없고 어디든 있는
허락되지 않은 발자국 위를 조용히 따라 걸어

반짝이는 티눈과 딱딱한 장미향이 피어나길
심장을 뜨겁게 데우고 꽃의 날들이 모여
지상의 날들과 천상의 봄은 그대가 되길
스침의 아픔으로만 횡단하는
까치발과 티눈 사이의 새벽이 푸르릅니다

설명할 수 없는

느낌표를 먼저 찍은 하루
독감처럼 목이 아프고 열이 나요
마스크로 입을 막아서는 지독한 항변에
발등을 찍은 화근이 필름처럼 답답해요
입장의 쭈뼛거림과 손잡이가 없는 출구에서
맞지 않는 신발에 발을 구겨 넣어요
개의 혓바닥 닮은 골목에 빗물이 차올라
바다의 경계가 허물어져요

그 후로도 오랫동안
화살촉 머리로 과녁을 찾아 헤매다가
허물어버린 벽장에서 자폐를 앓는 거미로 산들
사막의 모래알만큼 자유를 누려야하기에
밤의 스크린에서 몰골의 행방을 찾아야 해요

눈에 보이지 않는 것들은 모두
취하지 않는 술처럼 또렷하죠
순환되지 않는 것들은 모두
이방인의 모국어처럼 거칠거나 보드라워져요

당신 생각은 어때

화상 자국처럼 각인된 질문
정맥을 휘돌던 그 날의 불길한 물음
입술이 말라붙어 말을 못하겠어요
그런 나를 다그치는 건
당신 생각은 어때?
제발 다그치지 말아주세요

벌레가 먹은 옥수수 알맹이를
입속에 숨기고 웃고 있는 난
죽은 벌레의 심장으로 피를 보내죠
아프지 않지만 찡그리고 있는 이유
당신 생각은 어때?
제발 사랑하고 있다고 말하지 말아주세요

가짜는 있어요

술이 깨면 꽃이 피어나요
흙에서 오른 에너지는 꽃대를 세우고
태양이 내린 축복은 정의를 내리고
꿈을 꿀 때마다 후회 없는 밀정을 감행하죠
가짜는 있어요

꿈에서 깨면 꽃이 져요
나무에서 꽃으로 구분되는 순환이
점점 발을 떼게 하고 가짜를 만들고
매일 밤마다 아침을 기대하려 물구나무를 서야 하죠
거꾸로 보는 세상은 아직도 희망적이고
절망의 이질감에서 해방되는
가짜는 있어요

육십갑자

바람소리 바다에 닿을수록
은밀한 절망의 유전자가 뼈마디를 관통한다
잘려 나간 약속의 언저리를 배회하다가
반쯤 엎질러 버린 찻잔에 묻은 입술 자국을 지워
엄지손가락 가득 너를 가졌다

휘돌아든 그 바람에 묻은 너를
빈 가슴에서 키우고 키우는
그래서 기억으로만 절정에 닿는 나는
기어이 육십갑자를 세고 또 세고
움직일 수 없는 전생에서 해후하는 나는
허공을 깨우친 새벽녘을 보았다

내게 오라하며 주저앉힌 눈빛에
네가 돌아선 하늘만 마른 가지에 걸려 있어
이젠 내려놓은 육십갑자
그만큼 짙어지는 하나
세월의 눈금과 길들여지는 문장 속
들여다 만 봐도 상처가 되는 주름의 깊이여

송정 물살

끓는 물속에 뛰어들면
심장이 맨 먼저 익었다지
뿌연 수심의 해초가
염라대왕의 삼지창같이 처연하고
백만 년 사랑의 얼굴을 한 바다는
버팀목 단단하게 손을 잡아끌어
원망도 미움도 그 안에 갇히던

송정의 물속엔 침묵을 깨우는 파문이 있어
등 돌려 울던 남자의 버린 시간도
어느새 맹세가 되고
침묵할수록 가득한 언어가
달팽이관을 타고 들어와 이명을 몰아냈다지

바램은 모두 파도와 공생하고
영원할 것도 사라질 것도 없이
태왁을 안은 적삼의 시접에서 자라고
바람이 불면 말할 수 없는 암호
고향집 어귀에 두고 온 그리움만

바닷물인지 눈물인지 모르게
수신 되어 온다지

으아리

알싸한 겨울 숲길에서
젖은 눈길을 끄는 너는
아마도
차마 못 다한 말이 있는가
흰 몸으로
날아오를 듯
마른 나뭇가지 위에서
서럽게 만개했다
주춤거리는 봄을 감시하려
마취된 대지를 깨우려
높은 겨울의 꼭대기에 탯줄을 걸었다
기어이 너의 동맥을 긋고
뿜어낸 봄이 당도하면
흐린 봄 하늘 가득 훈풍이 불고
어머니의 얼굴을 한
흰 별 같은 네가 대지에 내려
들을 수 없었던 꽃의 옹아리 눈으로 부르겠다

종이시계

먼 여행길 마친 지치고 아픈 발
푸석한 얼굴에서
지탱해 줄 무언가를 찾는다
더욱 커져만 가는 너그러움의 오차

미안하다
흘러가는 모든 시간이
다섯 손가락을 오므리면 짓이겨질
찰나의 한계라면

너를 훔치고 나서야 비로소
나를 검색하려 클릭한다
선택 받는다는 건
잊혀질 용기가 필요해

더 이상 말도 안되는 실랑이에
나도 모르는 내가 죽어갔던
그 언덕 종이시계
오류의 시간들을 지우고 나닌
생의 마디마다 통행료 딱지가 붙어있다

아끈코지 안부

안부를 물었다
아직은
가로수 아래 멈춘 계절이 졸음처럼 휘여 오고
화단 안에서 출타를 꿈꾸는 핑크 뮬리
삼단 같은 꿈을 물고 바람에 기대 오는데
이승 길 가시덤블 위에서 탕진한 젊음만
엎질러진 술병처럼 서럽다

백년도 안 되는 안부에 꽃신 한 짝 눈에 넣고
통증 무뎌진 아버지 이름도
곰삭은 삶을 버무려 꾸역꾸역 우겨 넣고
독주를 마신 듯 휘청이던 굽은 등
수산봉 아래로 허리 휜 진밧목

동짓달 스무닷새
살아온 숨비소리 시간은
여든여덟 풍경으로 찍혀와
젖은 달빛 바다로 자맥질 하는 아끈코지
지금쯤 엄마 닮은 순비기꽃 곱게 피었겠다

버드나무 아래

아무 것도 몰라요
눈도 없고 귀도 없어요
누가 머물다 갔는지 묻지 말아요
나를 여기 묻고 간 이유도 알려 하지 말아요
사라진 봉분도 추출되지 않는 눈빛만 흘리고 갈 뿐
아무 것도 몰라요

푸른 옷을 입은 초목만이
고개를 들어 서로를 껴안으며
죽음과 삶의 축제를 사계절로 열겠죠
꽃이 피고 지고
단풍이 지고 낙엽이 뒹굴고

혈통을 모르는 동그란 나는
밑둥이 잘려나가는 재선충에 걸린 소나무와
여행에서 돌아오는 코로나와
비릿한 피의 색깔로 종족을 떠올려요
스크린 속 치킨 그림도 내겐
잘려나간 버드나무 손목으로 보여요

던덕 🜀 루

수선화 핀 버스 정류소에
앙증맞게 작은 신발 한 쪽
젖은 눈길 베어 물고
바람도 주춤 거리다 다리를 건너면
파군봉 어느 봉분 위에 지는 해 고운데

스무댓 해 차이 나는
고부의 얼굴에도 발갛게 물든 석양빛
삶에 씨름하던 길모퉁이 마다
잔설 녹듯 시름 녹이면
그래 사는 게 그런 거지

눈언저리 엉겨 붙은 물비린내
오래전 어디서 본 것같은 골짜기
팔순의 등에서 소쩍새 우는 사연
젊고 고왔던 그녀의 꿈이 서럽게 넘던
던덕 🜀 루 이정표가 까닭없이 흐릿하다

4부

달의 시간

눈이 부시게

두통이 오는 날
잠시나마 나에게서 벗어나고 싶다
집앞 담옆에 자즈러진 접시꽃만 붉어 오고
거들먹거리던 유월 해가
깜박 구름을 덮고 조는 오후
눈두덩이의 통증은 수위를 높여간다
순간 쏟아지는 소나기에 과거를 헹구고
상념을 괸 채 훑고 지나간 시간을
사소하게 읽고 있다
자근자근한 너의 목소리가
가느다란 전선을 타고 버스 안 트롯처럼
끊길 듯 흐르다가
'나, 암이래'
빛바랜 편지를 읽는 아득함에 현기증이 난다
잠깐 고개를 들어 숨은그림찾기를 한다
나의 트레이드마크 두통이 보이지 않아
너에게 잠시 집중한 내가 나에게 달려와
잠이 오지 않는 밤을 세워
눈이 부신 아침을 짓는다

오겹살과 네잎 클로버

허리에 감겨 오는 친근한 어제
한사코 먹기만 한 흑돼지 오 겹 살이
비린 하루의 끝에 포만의 지도를 내어줬다

물젖은 상추와 깻잎을 탈탈 털어
된장과 마늘 노랗게 구워진 고기를 싸고
쎄렝게티 초원을 떠올렸다
초원 위를 마구 달리는 약육강식
그 속에 먹는 자와 먹히는 자
방치된 위장에 총구를 들이대고
팡팡 쏘아댄다

고깃집 근처에서 득템한 네 잎 클로버가
술잔에서 졸고 있다가 셔터 벼락을 맞는다
갑자기 터진 관심에 놀란 행운의 네 잎
금강산도 식후경
삼 겹 뱃속을 채운 흑돼지 오 겹
내입은 네 잎 사랑에 밀리고 말았다

초보

밀리는 퇴근 시간
뒤에서 경적 소리 요란하다
뭐지?
빨간 신호등 앞에 정지를 하고
백미러로 본 광경은 마치
커다란 성벽이 하나 세워진 것처럼
검고 무거운 화물 컨테이너 트럭이 바짝 붙어 있다
내 차와 높이 차이가 큰 운전석은
볼 수 없었다
신호가 바뀌고 출발하려는 순간
또다시 귀를 먹먹하게 하는 경적이 울리고
이내 옆 차선의 삿대질
"초보 붙이고 다녀!!"
왜지?
초보 아닌데
망치로 심장을 맞은 인생 초보자
저녁내 심장이 고장 나 있다
큰 덩치 차 앞에 가는 경차는
초보 딱지를 붙이고 다녀야 하는가?

내 차가 스포츠카 였으면 어땠을까?
잠을 설치고
아침상에 앉는 남편이 "굿모닝~"한다
대답 대신
"모닝을 바꿀까?"

여든 여덟 빼기 여든

식탁에서 탕수육을 먹던
어머니 검지 손끝에
아랫니 두 개가 흔들린다
"어머니 안돼요~!"
손을 끌어다 바닥에 누르고
고개를 가로 젓는 딸의 눈을
팔십 년을 빼버린 가벼운 눈으로
눈 속의 아이를 본다

눈 속의 아이에게 물었다
언제부터 흔들렸어?
대답대신 꿈벅이는 눈에
예순의 늙은 딸이 웃는다
마음을 다해 중심을 잡아도
젖어오는 가슴이
어머니의 이처럼 흔들려 온다

팔십여 년 전 솟아난 곤쌀
여덟 살에 흔들리듯 허물어진 여든

이제 여덟 살 마알간 눈의 아이로
자꾸만 이를 흔들고 있는
인생 저물녘의 어머니
온 몸 물들어 오는 석양빛에
눈이 부셔 웃고 온 밤
눈이 붓게 울던 그 밤

라면

긴 밤이 나를 벗은 채 밝았다
조금씩 자라던 의심이 새벽녘 키를 훌쩍 키운 아침
야들야들 찰진 유혹에 빠져든 침샘 작용
무거워질 하루가 끓여져 식탁에 올려진다
면빨 사이로 반짝이는 기름의 빛깔로
창밖 빛나는 것들이 무색해지는 시간
탄수화물의 기적이 허지진 시간을 채운다

봉인 해제된 다이어트
포만감보다 먼저 오는 후회
우드둑 손가락 마디를 꺾으며 온다

앨범 속 그녀

하루 종일 비가 내린다
간밤 퍼붓던 악몽도 아직 마르지 않았는데
여름을 씻어내려는 듯 비가 내린다
졸음 끄트머리에 카페인이 놓였다
까마득한 꿈이 흔들려 오고
잊힌 언어로 손 흔들며 오는 묵은 시간들

눅눅해진 내 귓전에 녹슨 바람이 분다
장을 넘길 때 마다 장대비가 내리면
헝크러진 마음 한줄기 8월을 켜고
너스레를 떨며 들뜬 얼굴을 쳐들고
어둡고 습한 기억만 소환해 온다

몸을 뒤척이다 발에 걸린 시간 속에
굳센 다짐이 있었다
누구와도 협상하지 않던 몸짓
촌스럽지만 단아한 자존심
그 뽀글 파마를 한 스물일곱의 처자가
지난 시간에서도 우산을 쓰고 있다

겨울이 지날 무렵

바다가 보고픈 월요일
그 보고서에
기울어 가는 겨울해로 채운 하루
철지난 바닷가 순비기 밭
나뒹구는 마음 한자락
잔설 녹이는 해 한자락

그 따습던 날들과 아랫목의 아릿함 속
아무데도 없는 어머니 어머니
겨울이 지날 무렵
머무를 수 없는 손사래가 서러워 울다가
섣달 그믐날 해 지기 전에 못을 박았다
웃고 있는 어머니 영정이 걸릴 벽

달려든 찬 공기가 등을 쓸어내리고
멋쩍게 벽을 쓸어내리다
생경한 한 주의 시작이 부담스럽다
온기 없는 시간들이 감기로 홀쩍인다
마음의 벽을 허물지 못한 채

벽을 안고 울던
그 겨울이 지날 무렵

능소화

마음을 다해 뻗어도 닿지 않는 손
담 넘어 먼 세월만 줍다가
단단해진 흉터마다 촛불 켜든 유월

한자락 날갯짓에 살랑한 염원이 내려앉고
살빛 언어로 고개 드는 여름의 기별
헤아려도 풀릴 줄 모르는 기억의 줄기마다
매달려 추락을 도모한 몸짓 몸짓들
담벼락 아래로 내려앉는 사뿐한 비움

마침내 회색 도시 위에 나비가 피고
시멘트 바닥에 꽃이 날아
어느 양반집 마당을 비추던 금등화
한사코 당신의 외곽만 퍼 올리는 나는
바람을 지피는 휘파람이었다
혁명의 진혼곡 속 늙은 노을이었다

치매

모르고 있었다
가슴 한 편에 소쩍새 한 마리 살고
조용히 엎드린 세월이 기억을 더듬다
휘몰아치는 적막 속의 이명
무심히 휩쓸고 간 혼돈의 바람

파란만장의 바다 위로 뿌려지던
눈물의 시간도 모르고 있었다
드러낼 수 없는 고집센 자각만이
존재에 대한 안전한 은신처로
배반의 절벽을 끌어 안았다

다만
보이지 않는 검은 숲을 향해
한걸음씩 가고 있는 야생의 여정
아팠던 순간의 귀를 막고 입을 막고
낯선 시간 속을 물질하는
질긴 여정의 끝만 알고 있었다

닭갈비와 양배추

콩밭을 메던 손 끝에서 연거푸 들이킨
허기의 빈 물잔이 풀리지않는 갈증을 가르고
허기진 주문은 기침 소리와 섞여 카랑카랑 갈라지고
찰진 쫄깃 거림은 포만한 오후를 선물했다
나른하지만 몰려드는 손님들로 북적이는 소란 속
시원한 호반의 춘천을 들이킨다

형체를 잃은 여름이 영역을 잃어갈 즈음
배나무 아래 엎질러진 어둠이 식욕을 밝히면
쉬지않는 소화의 부근엔 칼칼함을 갈구한다
지워져 가는 더위의 흔적들과
선명해져 가는 바람의 색이 스크린으로 내려 오면
손을 잡아 끄는 골목의 매운 냄새에
제주의 골목은 닭갈비 속 양배추로 함께 익어가는
원격의 정렬이 된다

아끈코지 꽃물결

숨비기 꽃 피우던 그 곳
계절의 지느러미
눈부시게 흔들려 와
꽃물결 푸른 그 곳

불턱 어귀마다 나부끼던 곡조
아무도 모르는 노랫말
숨비소리 아득한
포말의 지휘자 아끈코지에

하루해 꼬박 기다리던
언니의 시간이
찰랑대던 긴 생머리에
희고 고운 얼굴로 다가와 앉고

노모의 이명 너머에 식어버린
봄처럼 눈부시던 아끈코지가
잘라내지 못한 탯줄로 이어져
봄밤
불면으로 오는 유년의 시간

어머니의 어깨

깊은 어둠이 선잠을 몰아냈다
산더미 같은 피로가 불면을 끌어안으면
푸념에 지친 얼굴 신작로를 달려
삼경을 헤메다 여명을 외면 한다

겨울비 내리던 오후
마흔 물적삼의 시간을 깨울 즈음
빗속을 달려들어선 집엔
젖은 공기가 가득하다

돌아누운 어머니의 어깨가 들썩이던 시간은
가두어지지 않은 채
언제나 기억의 흉터를 맴돈다
스물여덟 시작된 남겨진 이의 시간
노란 입속을 가진 아기둥지엔 불면을 몰랐다
언제나 목마른 아침은 갱년기를 몰랐다

동지섣달 진눈깨비와 함께 태왁은 떠 있고
납덩이의 무게만큼 심연을 향한 자맥질

지독한 어둠의 유년을 불살라 상념을 태우고
그날 보았던 어머니의 어깨가 다가와
겨울비 내리던 열두 살의 시간을 흔들어 깨운다

시간의 능선

매 순간
아무 미련도 없이 이별하며
지극히 통속적인 일상의 산들을
심연에 쌓아둔다

한바탕 훑고 지나간 모래 바람을
가을의 햇살 속에 반추하다가
사구 능선 위
걷고 있는 자아를 본다

바람의 흔적 위로
쉽게 빠져나올 수 없는
기억의 늪이 떠다니고
푸른 산을 본 적 없는 밤은
어둠의 깊이만 알 뿐이라며
뱀을 밟은 전율로
찰나를 걷는다

마음 안의 여지

마른 햇살을 들이 쉰다
그 빈자리에 허물어져도 좋을
시간의 능선을 그리려
또 다시
가을 앓이를 한다

태왁 춤

팔월의 한나절
나무 백일홍 붉은 애조로를 달린다
바다를 떠나온 태왁에 아가미가 녹슬고
수척해진 어머니의 기억 속엔
지울 수 없는 숱한 바다가 멈췄다

그 바다를 만나러 가는 길
군넹이 검은여가 넌지시 마음을 잡아끌어
외가의 대문 안에 외할아버지의 멍석들이 펼쳐지고
외할머니의 우린 감이 막내딸의 막내딸을 반긴다

짭쪼름 달큰한 정성 한 입 베어 물고 올려다 보던
할머니의 촉촉한 눈가가 오늘따라 그리운 건
아마도 태왁의 자리로 움푹 패인 가슴 시키는 일
그 가슴 안에서 울고 웃던 어린 날
외가의 마당 가득한 태왁 그리고 어머니의 어머니
소살을 날려 베어낸 대죽의 달달한 기억의 맛
태왁이 춤을 추는 바다의 시간이 멈췄다

달의 시간

머리를 풀어헤치고
바람을 향해 달렸다
해는 서산에 걸려 흰 벚꽃만 그림자를 뉘이고
발길은 행선지를 정하지 못한 채 휘청이다
아무도 궁금해 하지 않을 울분의 근원지를 찾아
달리기를 한다
누군가 알아주기를
그리고 붙잡아 주기를
간절하지만 구걸하지 않는 자존심의 행보

살아간다는 건
순리에 맞춰 순응하고 안주하는 것
오늘도 삶의 구실을 찾아 질주할 뿐
쉬어야 할 마땅한 구실을 찾아야 한다
어디에도 없는 완벽한 변명을 기다린다는 것은
구름에 가려진 달의 시간을 찾는 일

구간 반복

방안 가득 철지난 옷가지가 흩어져 있다
더워지기 전에 정리해야 하는 것들
그 더미 속에서 눈에 띄는 하나를 집어 들었다
거울 앞으로 가서 얼굴 밑으로 대어본다
입고 있던 티를 벗고 입는다
입는다는 표현보다는 끼운다는 단어가 적절할 만큼
작아져버린 옷
아니 정확히 커져버린 내 몸
시간은 많은 걸 변하게 한다지만
내 신체 사이즈만큼 큰 변화도 드물겠다
체념어린 한숨이 방안의 온도를 높여 땀이 나며
몇 년 째 반복되는 갈등에
옷 정리를 잠시 중단하고
해소해 줄 무언가를 찾는다

내친김에 이른 점심을 식탁에 펼쳐놓는다
속상한 상황을 이유삼아 먹어치운 건
얼마간 먹지 않기로 작심한
달달한 믹스커피

어제 늦게 먹은 팥빙수의 묵직함이 아직 느껴지는데
계절이 바뀔 때마다 다짐만 하는 다이어트는
내년에 이 옷을 입고 있을 나를 상상하며
접어놓는다
함께 접어야 할 식욕은 기세등등하건만

진부한 오늘 날씨

내 표정에 가끔은 오류가 생겨요
저장한 메모리에 아스피린이 검색 되요
십이지장에서 확인된 알약은 이미 흡수되는 중입니다
중부 지방의 장마로 산사태가 확산되는 예보는
삼키지 못하는 명함만 쌓이게 하네요
진부하지만 오늘은 수작업을 해야 되요

미간을 찌푸릴 때면 프린터기에서 백지만 나오죠
포장된 도형에 문단 모양을 바꿔야 하나요
장마가 지나는 구간 마다 육교가 생기고
높이가 다른 계단으로 연어들이 뛰어 오르죠
오늘의 예보는 진부하지만 정확한 진단이었어요
역류성 식도염은 저의 영역입니다

거짓말처럼

오늘 일은 모두 잊기로 해요
너무 일찍 와버린 작별의 시간에
유리벽 사이를 두고 내 위장 내시경을 본다
눈물로 흐려진 시야에 블라인드가 내려오고
나를 흔들어 놓던 요소들이 하나 둘
어둠속에 잠겨 세탁기 탈수 소리를 낸다
"아프면 벨을 눌러주세요"
말문이 트인 간호사의 손이 따뜻해 오고
고개를 끄떡이려는데 움직여지지 않았다
베게가 너무 높아 숨소리가 꺾이고
옆 침상 마취에서 덜 깬 아가씨가 말했다
"겨울비가 오는 날엔 카푸치노를 즐겨요"
뒷모습만 보여주던 복제된 나는 거짓말처럼
다른 것들과 결합하는 방식을 배운다

존재론적 물음, 그 자아 찾기의 시학

양영길(문학평론가)

1. 프롤로그

시를 쓴다는 것, 그것은 시인 내부에서 일어나는 끊임없는 자기 운동의 산물이다. 끊임없는 자기 운동을 거치는 동안 정화되고 표백되어 시인의 인식 세계를 작품 속에 투영하게 된다.

'통속처럼 일상의 산들을 쌓아둔다'(「시간의 능선」)는 김현신 시인. 때로는 '가시처럼 쓰라'(「가시의 시간」)리기도 했다. 시인은 "잠이 오지 않는 밤을 세워/ 눈이 부신 아침을 짓"(「눈이 부시게」)듯, '시간의 호수'에 돌을 던지고 있다. 시인은 이러한 정서적 운동을 통해 존재의 개현開現을 욕망하고 그 역운歷運을 뒤돌아보고 있다.

시인에게는 자각적 인식을 바탕으로 형성되는 자기 운동 Self-Motion이 필요하다. 시적 자각은 외부에 의해서 야기되는 것이라기보다 자각적 인식의 자기 운동에 그 근원을 두기 때문이다. 그러므로 시적 인식의 원천을 자기 자신 속에서 찾을 때 시적 인식을 좀 더 숙성시켜 나갈 수 있게 된다.

이는 존재론적 물음과 그 대답이기도 하다. 그것은 시인이 자신을 뒤돌아보는 시점에서부터 시작된다. 뒤돌아볼 수 있는 여유, 바쁘게 앞만 보면서 달릴 때는 미처 생각하지 못했던 것들을 뒤돌아본다는 것, 그것은 정서적 성숙을 의미하기도 한다. 김 시인은 이러한 '뒤돌아봄'에 의해서 닫혀 있던 과거 시간 저 편의 기억을 열어나가면서 정서적 시간의 창문을 두드리고 있다.

2. 존재론적 물음

시의 본질에 관한 가장 순수한 시는, 시인이 자연에 대답할 때라고 한다. 이 때 시인은 눈짓과 말한 사이에 서 있는 존재로서 성스러움의 영역으로부터 말건넴을 받는다. 이러한 경험은 존재론적 물음의 몸부림이기도 하다.

> 매 순간
> 아무 미련도 없이 이별하며
> 지극히 통속적인 일상의 산들을
> 심연에 쌓아둔다
>
> 한바탕 훑고 지나간 모래 바람을
> 가을의 햇살 속에 반추하다가
> 사구 능선 위
> 걷고 있는 자아를 본다

바람의 흔적 위로
쉽게 빠져나올 수 없는
기억의 늪이 떠다니고
푸른 산을 본 적 없는 밤은
어둠의 깊이만 알 뿐이라며
뱀을 밟은 전율로
찰나를 걷는다

마음 안의 여지
마른 햇살을 들이 쉰다
그 빈자리에 허물어져도 좋을
시간의 능선을 그리려
또 다시
가을 앓이를 한다

　　　　　　　　　　　　　－「시간의 능선」 전문

　"한바탕 훑고 지나간 모래 바람을/ 가을의 햇살 속에 반추하다가/ 사구 능선 위/ 걷고 있는 자아를 본다"는 시인. "뱀을 밟은 전율로/ 찰나를 걷"던 "기억의 늪"에서 "바람의 흔적 위"에서 '심연에 쌓아둔 어둠의 깊이'를 가늠하며 '그 빈자리에 허물어져도 좋을 가을 앓이'를 한다.

　"조바심하며 살아온 꿈같은 시간"(「굳은 살」)은 "기억으로만 절정에 닿"(「육십갑자」)았다. "몸을 뒤척이다 발에 걸린 시간 속에/ 굳센 다짐이 있었"(「액벽 속 그녀」)지만 "소환된 시간 안에 또다시 붉어지는 민낯"(「무화과나무에 ―」)처럼 '허기진 시간'을 마주하고 "또

다시/ 가을 앓이"를 한다. "지극히 통속적인 일상"들과 "아무 미련
도 없이 이별"을 한다.

마음을 다해 뻗어도 닿지 않는 손
담 넘어 먼 세월만 줍다가
단단해진 흉터마다 촛불 켜든 유월

한자락 날갯짓에 살랑한 염원이 내려앉고
살빛 언어로 고개 드는 여름의 기별
헤아려도 풀릴 줄 모르는 기억의 줄기마다
매달려 추락을 도모한 몸짓 몸짓들
담벼락 아래로 내려앉는 사뿐한 비움

마침내 회색 도시 위에 나비가 피고
시멘트 바닥에 꽃이 날아
어느 양반집 마당을 비추던 금등화
한사코 당신의 외곽만 퍼 올리는 나는
바람을 지피는 휘파람이었다
혁명의 진혼곡 속 늙은 노을이었다
― 「능소화」 전문

"담 넘어 먼 세월만 줍다가" "어둠에 박혀 있던 기억"(「무화과나
무에 ―」)이 꽃으로 피어났다. "훈풍에 졸던 기억"도 "조용히 엎드
린 세월"도 꽃으로 피어났다. "헤아려도 풀릴 줄 모르는 기억의 줄
기 마다/ 매달려 추락을 도모한 몸짓"으로 피어났다.

"전설에도 없는 시간" 앞에서 "계절로 찢긴 바람결에 맞아 울"(「시계추」)면서 "조용히 엎드린 세월이 기억을 더듬"(「치매」)는 "어둡고 긴 터널의 시간"(「어떤 기억」)이 지나면 "담벼락 아래로 내려앉"아야만 하는 가슴앓이를 한다. "봄처럼 눈부시던 꽃물결"이 "불면으로 오는 유년의 기억"(「아끈코지」)도 함께 피고 졌다.

　시인의 가슴에 피고 지는 '능소화'는 엄마의 '자애로움'처럼 피고 졌다. 시인은 내려앉아버린 꽃의 매력 같이 잊었던 눈물을 발견하고 과거를 재생하면서 지워버릴 수 없는 표시를 자신의 이미지에 다시 한 번 새기고 있다.

　　　　술이 깨면 꽃이 피어나요
　　　　흙에서 오른 에너지는 꽃대를 세우고
　　　　태양이 내린 축복은 정의를 내리고
　　　　꿈을 꿀 때마다 후회 없는 밀정을 감행하죠
　　　　가짜는 있어요

　　　　꿈에서 깨면 꽃이 져요
　　　　나무에서 꽃으로 구분되는 순환이
　　　　점점 발을 떼게 하고 가짜를 만들고
　　　　매일 밤마다 아침을 기대하려 물구나무를 서야 하죠
　　　　거꾸로 보는 세상은 아직도 희망적이고
　　　　절망의 이질감에서 해방되는
　　　　가짜는 있어요
　　　　　　　　　　　　　　　━「가짜는 있어요」전문

"술이 깨면 꽃이 피"고 "꿈에서 깨면 꽃"이 졌다. "세월 속 허망함보다 더 아쉬운 무언가가/ 등줄기를 타고 내"(「우울」)릴 때 '물구나무를 서서 거꾸로 보는 세상'이었다. 그것은 '가짜'였다. "길고 긴 이음표 위에 세월이 눕고/ 하고픈 말이 멈춰진 순간"(「쓰다만 편지」)에도, "절망의 이질감에서 해방되는" 순간에도 "발을 떼게 하고 가짜를 만들"었다. '가짜'는 결국 시인 자신을 향한 존재론적 물음이기도 했다.

시인은 자신을 '꽃'으로 치환하여 자기 자신을 얼마나 알고 있느냐는 물음으로, 자신의 삶의 무게를 저울질하고 있다. 자기 정체성의 시간 찾기이기도 하다.

3. 자기 운동의 시학

존재가 필연적이기 위해서는 그 존재는 미결정이어야 한다. '미결정'은 실재적 존재의 창조성과 독창성의 관념과 관련되기 때문이다. 시인은 내면적 움직임에 의해 자기 운동을 시의 구조 속에 함축해 내고 있다.

> 두통이 오는 날
> 잠시나마 나에게서 벗어나고 싶다
> 집앞 담옆에 자즈러진 접시꽃만 붉어 오고
> 거들먹거리던 유월 해가
> 깜박 구름을 덮고 조는 오후
> 눈두덩이의 통증은 수위를 높여간다
> 순간 쏟아지는 소나기에 과거를 헹구고

상념을 괸 채 훑고 지나간 시간을
사소하게 읽고 있다
자근자근한 너의 목소리가
가느다란 전선을 타고 버스 안 트롯처럼
끊길 듯 흐르다가
'나, 암이래'
빛바랜 편지를 읽는 아득함에 현기증이 난다
잠깐 고개를 들어 숨은그림찾기를 한다
나의 트레이드마크 두통이 보이지 않아
너에게 잠시 집중한 내가 나에게 달려와
잠이 오지 않는 밤을 세워
눈이 부신 아침을 짓는다

―「눈이 부시게」 전문

　"두통이 오는 날" "어둡고 긴 터널의 시간이면 약속인 듯 떠오르는/ 어떤 기억 하나"(「어떤 기억」)로 "거들먹거리던 유월 해가/ 깜박 구름을 덮고 조는 오후/ 눈두덩이의 통중은 수위를 높"였다. "빛바랜 편지를 읽는 아득함에 현기증"이 났다. "나, 암이래" "자근자근한 너의 목소리가" "순간 쏟아지는 소나기에 과거를 헹구"었다. "상념을 괸 채 훑고 지나간 시간"이 "고개를 들어 숨은그림찾기"를 한다. 기억 저편의 자아를 찾아 "잠시나마 나에게서 벗어나고 싶"었다.

　부족함을 인정하는 여백과 여유를 통해 시간과 자아 사이에서 '뒤돌아봄'과 '비워냄'을 작품 속에 융해시킴으로써 자아 찾기의 인식 세계를 은연히 내비치고 있다.

밤새 뒤척이게 만든 상념의 물꼬는

강이 되어 범람하고

하얗게 지새버린 시간의 허무에

선인장이 시들어 갑니다

아무에게도

곁을 내주지 못하는 바보는

스스로 만들어낸 가시로

남을 아프게 하기 이전에

가시를 품고 있는 고통이

더 아프다 합니다

이유 모를 고립에 슬퍼할 뿐

시간을 흐르던 강물이

바다에 닿을 때까지도

돌아가야 한다는 생각을 하지 않음은

체념의 안식을 배웠기 때문입니다

붕괴되지 않는 애증의 아픔을 배웠기 때문입니다

조금씩 버려야 하는 이유로 철듦은

불면의 고통에 대한 보상입니다

채워지기 위한 비움의 철학을 배우며 떠나보내야

비로소

그리워할 수 있다는 사실이

가시처럼 쓰라립니다

ㅡ 「가시의 시간」 전문

"마음의 벽을 허물지 못한 채/ 벽을 안고 울던"(「겨울이 지날 무렵」)
무렵 "밤새 뒤척이게 만든 상념의 물꼬는/ 강이 되어 범람 하고/ 하

얇게 지새버린/ 시간의 허무에/ 선인장"처럼 시들어 갔다. 선인장
처럼 "가시를 품고 있는 고통이/ 더 아프다" 한다. "조금씩 버려야
하는 이유로 철들은/ 불면의 고통에 대한 보상"이기도 했다. "채워
지기 위한 비움"은 "시간을 흐르던 강물이/ 바다에 닿을 때까지
도" 알 지 못했다. "듬성듬성 기억 너머에서 다알리아 붉은 유월을
불러오"(「엄마의 바다」)듯 "돌아가야 한다는/ 생각을" 해야만 했다.
일상적 시간을 초월한 진정한 자아 찾기의 물음이기도 하다.

  사람들은 여전히 전화기를 보고 있다
  켜지지 않은 채 단절된 의식이 부끄러워졌다
  괜스레 창밖을 보다가 입김을 불어넣은 유리창에
  발자국을 찍어 넣고
  겨울 저녁 밀리는 차를 바라보며 여유라고 꼬장 부려 본다
  소독냄새에 섞인 아이 울음소리가 아프게 다가올 때
  기억의 문이 철로를 달려와 눈앞을 가렸다
  괜찮아, 안 좋은 기억은 지워버려
  별일 있겠어

  사람들은 여전히 바쁘게 시간을 쪼개며 걷고 뛰고 있지만
  덩어리째 뛰지 않는 심장을 의심해 보고는
  깍지 낀 손을 풀어 아무 일 없는 머리를 쓸어 올린다
  밖은 어둠이 춤추듯 밀려와
  수천 개의 불빛으로 상념을 엎질러 놓고
  무심한 듯 껌뻑이는 성탄 나무의 불빛 사이를
  오가는 시간을 불편해 하다가

어릴 적 화로 위에서 구워지던 세미 떡이 생각이 나서

그 해 겨울을 떠 올렸다

— 「병원 대기실에서」 전문

　"사람들은 여전히 전화기를 보고 있"고, "사람들은 여전히 바쁘게 시간을 쪼개며 걷고 뛰고 있"다. 하지만 시인은 "소독냄새에 섞인 아이 울음소리가 아프게 다가"오는 '병원 대기실'에서 "어릴 적 화로 위에서 구워지던 세미 떡"을 떠올렸다. "괜찮아, 안 좋은 기억은 지워버려/ 별일 있겠어"라던 엄마의 목소리가 불현듯 세월의 강 건너에서 다가와 "수천 개의 불빛으로 상념을 엎질러 놓"았다. '무심한 듯 점멸하는 불빛 사이를 기억의 문이 눈앞을' 막아섰다. 밀물과 썰물이 오가고 흔들리는 바다처럼 시인의 상념은 들고 나고 있다.

4. 에필로그

　우리들은 존재론적 물음이 아니더라도 시인은 자신이 인식하고 있는 세계를 작품에 반영하게 된다. 그것은 시인이 자신을 뒤돌아보는 시점에서부터 시작된다. 이를 통해서 자아의식을 현상으로 인식하게 되고 보편적 경험의 세계로 진입할 수 있게 된다.

　시적 존재는 그 자체 스스로가 존재의 근원이 될 때가 많다. 즉 시인이 시적 존재의 근원이자 그 행위자이기 때문이다. 이러한 자기 운동은 감성적 대상 의식과 자기의식으로 나누기도 한다. 김 시인의 대상 의식은 '감성적 확산 - 자각 - 오성'의 단계를 거치면서 대상성이 해체되고 시인의 자기의식으로 고양되고 있다.

시인은 하나이고 동일한 것, 즉 '머무르는 것'을 설립해야 한다. 이러한 설립을 통해서 시인은 현존재를 그 '근거'에 근거 짓게 된다. 김 시인은 일상적 시간을 초월한 자기운동을 통해서 존재론적 물음을 제기하고, '시간의 정상'에 대하여 '닫혀 있음'에서 '열려 있음'으로의 인식 전환이 이루어지고 있다.

김현신 시인은 시적 시간을 통해 '존재 개현'의 물음을 제기하고, '자아 찾기'의 호수에서 '시간의 파문'을 경험하고 있다. 이는 시인의 잃어버린 순수와 이상의 또 다른 자아 찾기 표현이기도 하다. *

오래된 안부

초판 1쇄 인쇄일	2020년 11월 11일
초판 1쇄 발행일	2020년 11월 11일
지은이	김현신
펴낸이	한선희
편집/디자인	우정민 우민지
마케팅	정찬용 정구형
영업관리	한선희 정진이
책임편집	김보선
인쇄처	으뜸사
펴낸곳	국학자료원 새미(주)
	등록일 2005 03 15 제25100 · 2005 · 000008호
	경기도 고양시 일산동구 장항동 864-3 하이베라스 405호
	Tel 02 442 · 4623 Fax 02 6499 · 3082
	www.kookhak.co.kr
	kookhak2001@hanmail.net
ISBN	979-11-90988-74-2 *03810
가격	12,000원

* 저자와의 협의하에 인지는 생략합니다.
* 이책은 Jeju 제주특별자치도 JFAC 제주문화예술재단 의 2020년도 문화예술지원사업에 후원을 받아 제작되
  었습니다.
* 이 도서의 국립중앙도서관 출판예정도서목록(CIP)은 서지정보유통지원시스템 홈페이지(http://seoji.nl.go.kr)와 국가자료 공
  동목록시스템(http://www.nl.go.kr/kolisnet)에서 이용하실 수 있습니다.